Li 6 S5 1922

AUX RICHES.

AUX RICHES

PAR

ALBERT CASTELNAU.

Un temps viendra où l'on
ne concevra pas qu'il fut un
ordre social dans lequel un
homme comptait un million
de revenu, tandis qu'un au-
tre homme n'avait pas de quoi
payer son diner.

CHATEAUBRIAND.

MONTPELLIER.

TYPOGRAPHIE ET LITHOGRAPHIE DE BOEHM.

1851.

1850

A MARCEL ATGER

ET

A SES AMIS

DE L'HÉRAULT SOCIALISTE.

AUX RICHES.

J'élève une voix inconnue dans ce concert
de plaintes et de malédictions, de cris de ter-
reur et d'espérance qui monte des profondeurs
ou descend des sommités sociales. Tous ont la
parole aujourd'hui pour maudire le présent,
regretter le passé ou saluer l'avenir. Né parmi
les favorisés de la fortune, je viens répéter
à l'oreille du riche, l'appel secret de sa conscience. Oh! lorsque nus et désarmés dans les
serres de la solitude et de l'insomnie, nous
sondons, loin des bruits du monde, l'abime de
nos pensées, que de fois nous sentîmes, au

plus profond de nos cœurs, l'aiguillon de l'éternelle justice! Ce tourment d'être heureux, dans un milieu de souffrances qui étreint l'âme, à l'aspect des monstrueux contrastes d'ici-bas, fait taire tout sophisme réacteur. Le triple airain de l'égoïsme, de l'habitude et de la fausse science peut contenir, dans les plus intimes replis de l'être intérieur, des sentiments dont nous combattons trop souvent la manifestation. Mais, j'en appelle à chacun : la Conscience est révolutionnaire. Malheur à moi si je ne l'étais pas à mon tour! Si je résistais à cet accent du juste, trop clair en moi pour jamais être méconnu, condamné par mon propre arrêt, je resterais sans défense devant le tribunal suprême.

Êtes-vous sans excuse, vous qui, me lisant, vous écriez dès ces premiers mots : C'est un fou! Phrase banale, dont les satisfaits de tous les temps poursuivirent les amis de la vérité! Fous, sans doute, que nous sommes ; car nous *extravaguons* au nom du devoir, hors d'un état de choses dont vous n'osez vous-même envisager, face à face, les iniquités. Insensés d'embrasser résolûment l'idéal de l'avenir, quand vous, les *fous* de la conservation, vous exhumez les

croyances mortes et les régimes usés sans re-
tour! Non! plus de divorce entre nous! Alerte,
ensemble au champ du travail! L'histoire des
révolutions nous montre-t-elle une seule fois le
peuple errant dans ses aspirations vers le bien?
Vit-on jamais la raison de quelques-uns opposer à la marche du genre humain des limites infranchissables? Sera-ce encore du fond
des cachots ou du palais des Julien, évoquant
pour un moment l'ombre du passé, que sor-
tira la grande solution poursuivie par tous les
partis? Pas de doute possible sur le résultat de
la lutte engagée à cette heure, entre la vieille
et la nouvelle société.

Partout les masses, pleines de foi dans un
ordre meilleur, grandissent en sagesse et en
force. L'océan monte, et les premières vagues
de son flux pacifique gagnent déjà les hautes
terres. De nouveaux Xerxès essaient bien d'en-
chaîner la mer et fustigent la lame rebelle.
Vains efforts! inutile courroux! Ils sont les
premiers impuissants à se défendre contre l'in-
vasion des principes par eux-mêmes combattus.
L'ennemi du Socialisme, le conservateur le
mieux cuirassé, est atteint dans l'intégrité de

sa croyance ou de son égoïsme, par le contact
inévitable des idées et des passions de son temps.
Réactionnaires, vous êtes moralement soulevés
par le flot. Votre langage se modifie comme
vos pensées, et en dépit de vous-mêmes, vous
vous trouvez insensiblement portés sur d'autres
rivages.

Aucun homme, en effet, n'a le pouvoir de se
soustraire aux lois de l'universelle vie. Mem-
bre du grand tout, chaque individu se développe dans la foule, en vertu de la crois-
sance de l'humanité. Fatal ou volontaire, le
progrès s'opère par et pour chacun. Combien
rares, dans une génération, les dépôts persis-
tants d'une génération antérieure, et quelle
est la valeur de ces types surnageant quelques
heures, comme des épaves ridicules, après le
naufrage du passé! Le marquis de Carabas n'a-
vait, dit-on, rien oublié, ni rien appris.
Pourtant, si, par la baguette d'un magicien,
cet utopiste de réactions, ce dernier défenseur
du principe féodal, eût pu se voir transporté
au cœur du moyen-âge, il n'aurait jamais re-
trouvé la foi nécessaire pour exercer sans remords, une puissance modifiée par le temps et

détruite par un peuple. Les contre-révolutions sont donc non-seulement impossibles, par suite de la force de leurs adversaires, mais encore à cause même de la complicité involontaire de leurs agents avec ceux-ci. Dieu permettrait vainement à l'homme de lutter avec lui : ce dernier ne saurait interrompre le développement des lois éternelles. Il ne serait toujours puissant que pour activer, par sa résistance, l'intarissable enfantement des choses.

Il y a parmi les fables de l'Orient, l'histoire d'un enchanteur à qui Siva permit d'arrêter le cours de la Nature. En extase dans un antre, le fakir jetait ses charmes aux vents, aux forêts luxuriantes, aux fontaines et aux ruisseaux. — « Endors-toi, disait-il, haleine de » la terre; arbres, ne croissez plus; fleurs, tom-» bez de vos corolles desséchées; et vous, eaux » dormantes ou capricieuses, rentrez, en la » crevassant, dans le sein de la terre alté-» rée. » Et les arbres poussaient dans l'azur du ciel de plus opulents rameaux, et les vents agitaient plus puissamment la tête chevelue des bois, tandis que les plantes des rochers, comme pour narguer l'ennemi de la vie, serpentaient

rapides, entrelaçant leurs inextricables replis à
la gueule de la caverne. Siva, le Dieu des-
tructeur, s'était joué du bramine; car Siva
ne détruit pas, il transforme. Rien ne périt :
tout progresse et se renouvelle.

II.

Les réactions ont une logique fatale. Nous
voyons aboutir à l'apothéose du sabre, les théories les plus arriérées des défenseurs, quand
même, de l'exploitation capitaliste. Le de
Maistre de nos jours, cet écrivain arrivant toujours à point nommé pour inventer un idéal de
recul à l'usage des factions rétrogrades, c'est
le joyeux auteur de l'*Ère des Césars*. Risible et
douloureux spectacle !

Hommes de sens et de cœur, vous presserez-
vous en aveugles, en haine de ce qui fait vivre
les peuples : la foi en eux-mêmes, dans les éta-
bles de l'absolutisme et de la théocratie ? Que
pensez-vous ! Les éclatantes leçons d'un demi-
siècle de luttes, quatre trônes brisés, la for-
mule sacrée : Liberté, Égalité, acclamée dans

le sang , dans les larmes de trois générations ,
tout cela n'aurait-il été à l'oreille des masses
que comme les cymbales retentissantes à celle
du cheval de guerre? Singulière musique, con-
duisant le peuple aux grandes choses de son
Illiade, pour semer de ses os tous les champs de
bataille de l'Europe, et exalter , sans profit
pour lui, l'enthousiasme libéral de la bourgeoisie ! Hécatombes inutiles de six millions d'hommes ! Non. — La société , maîtresse d'elle-
même par le suffrage universel , ne peut être
vouée sans issue aux fluctuations stériles de la
politique.

Voyez , dirons-nous avec les premiers chrétiens , nous ne sommes que d'hier et déjà nous
remplissons votre monde. Gendarmes , philo-
sophes à petits traités, Jésuites commandités
par les Juifs, ne peuvent empêcher ce grand
fait de se produire : en toute conscience, en
tout esprit , le problème social se dresse inévitable. La masse des hommes travailleront-ils
sans relâche au profit d'un petit nombre de
leurs semblables, pour un salaire, incertain
souvent et toujours réduit à la mesure des premiers besoins de la nature. La science écono-

mique a prononcé : le gain du producteur ne doit pas dépasser la somme indispensable pour la simple satisfaction des plus grossières nécessités de la vie. Riches, votre cœur d'accord avec votre raison, ne vous dit-il pas qu'une pareille doctrine est absurde, impie, opposée à tout développement de la sociabilité, de l'instruction et du bien-être généraux. Dans l'atelier humain, il ne peut plus y avoir des maîtres et des serviteurs, des suzerains et des vassaux. La société tend à se réorganiser, de façon que chaque homme n'ait droit qu'à la possession des fruits de ses œuvres. Travailler pour jouir, telle est l'universelle loi des êtres. Combattre par la ruse un mouvement pacifique et régénérateur, dont les oisifs, eux-mêmes, reconnaissent le principe pour légitime, n'est-ce donc pas lutter contre la Providence ? N'est-ce pas s'opposer à la mise en pratique de ce précepte de l'apôtre chrétien : « Celui qui ne veut pas travailler ne doit pas manger ? »

La Révolution inachevée de 89, en affranchissant la bourgeoisie, a donné une dignité et une importance extraordinaires aux intermédiaires, plus ou moins parasites, établis entre le

producteur et le consommateur. Subalternisés
jadis, quelle que fût leur richesse, aux gens
d'église ou d'épée, guides naturels de la société
dans les organisations semi-barbares du moyen-
âge, les ordonnateurs du travail occupent, depuis soixante ans, en France, une position taci-
tement privilégiée, égale aux situations aristo-
cratiques du passé. C'est sans doute une pensée
progressive qui leur a permis de se faire place
dans les rangs des débris de l'antique noblesse,
et d'essayer à leur tour de fonder une monar-
chie, clef de voûte éphémère de la féodalité des
écus. Mais les barons du capital doivent-ils con-
server dans la hiérarchie des fonctions, la direc-
tion absolue des forces productives, et tenir
sous leur joug la grande famille des travailleurs?
Cette tyrannie est involontaire de leur part, je
le veux bien; mais quoi de plus légitime aussi du
côté des opprimés, que de chercher à sortir par
une réorganisation économique, de leur état d'in-
fériorité et de misère?

L'Europe a vu disparaître l'esclavage, cette
exploitation individuelle du plus grand nombre
des travailleurs, réduits au rôle de machines
fonctionnant au profit de quelques oligarques.

Le servage, forme adoucie de ce vieil ordre
de choses, a fait place lui-même à la société
actuelle, à cette forme transitoire où les pro-
ducteurs, industriels, artistes et savants, individuellement libres, et pour toujours, dans
notre pays, membres du souverain dépendent
cependant en masse des détenteurs du capital.
Seuls maîtres de la Terre, seuls distributeurs
de ses produits, seuls *commanditeurs* des tra-
vaux agricoles et industriels, les riches, sans se
rendre compte à eux-mêmes de leur rôle, se trou-
vent avoir succédé, comme catégorie sociale, à
la suzeraineté individuellement exercée jadis
sur la classe la plus nombreuse et la plus pauvre,
par chacun des membres de la caste nobiliaire.
Sous des formes nouvelles, le privilége a, jusqu'à ce jour, toujours reconstitué les mêmes
abus. Les seigneurs, bardés de fer, détrous-
saient les voyageurs et rançonnaient les vilains.
Le travail paie aujourd'hui la dîme au capital.
La souveraineté du coffre-fort a remplacé celle
du château-fort.

Après le siége soutenu depuis tant de siècles
par la vieille bastille de la tyrannie contre l'éternelle insurrection du droit, — les bastions

démolis de l'antique forteresse , ses murs en
ruine, et les vieux ouvrages à jamais rasés de
l'oppression politique , découvrent à tous les
regards le sanctuaire vénéré du capital. Pour la
défense de cette arche sacro-sainte , les heureux de tous les temps abritèrent leurs satisfactions égoïstes derrière les mythes politiques et
religieux. Mais le règne de l'égalité a commencé
en France, le sentiment religieux s'épure chaque jour. Il n'est donc plus possible de donner
le change au peuple sur le but assigné à ses ten-
dances et à ses efforts. Comment relever entre
le monde nouveau qui commence et l'ancienne
société agonisante, le rempart de la monar-
chie? Pour protéger les abus du coffre-fort,
les castels ne se dressent plus à la voix des
Orphées de la réaction. Il manque pour cela trop
de cordes à la lyre des thaumaturges royalistes.

III.

De ces prémisses , il serait insoutenable de
conclure que la phase où la Révolution est entrée dans notre pays , par l'établissement nécessaire , définitif de la République, doive,

2

en aucune manière, être marquée d'un caractère subversif et violent.

Tous les êtres, individuels et collectifs, sont soumis, dans leur développement, aux lois communes de la vie. Dans le corps social, comme dans les autres organismes, toute crise contrariée se résout en perturbations plus ou moins profondes. Mais les anarchies passagères, le débordement des passions *montagnardes*, sont toujours imputables à l'aveuglement des réactions. Aux contre-révolutionnaires de tous les temps, la responsabilité de ces périodes pendant lesquelles le Titan populaire, entravé dans sa marche ou couvert de liens dans son repos, se relève et se fraie brusquement une voie. Les nations n'ont pas toujours, envers les perfides, la patience dont Gulliver fit preuve à l'égard des Myrmidons qui l'enchaînaient.

Immense spectacle ! Que ne m'est-il permis de m'arrêter un moment devant ces forces mystérieuses, remuant, jusqu'au plus profond de ses couches, la France à jamais républicaine. Dans cette révolution latente de la pensée universelle, se condensent et se préparent les solutions de l'avenir. Le triomphe définitif de la démocratie destitue les castes gouvernantes et, avec elles, l'empirisme politique. La société, mise ainsi hors de page, n'a plus qu'à se révéler à elle-même et à s'imposer ensuite les lois perfectibles de son organisation. Voix du peuple, voix de Dieu, qui pourrait récuser tes décrets! N'avons-nous pas vu s'écrouler, à peine échafaudé, tout établissement en opposition avec la résultante générale de l'instinct des masses, de l'expérience des âges et de la science des penseurs? Ces derniers, eux-mêmes, que sont-ils d'ordinaire, sinon les interprètes plus ou moins puissants de l'idée de tous, cherchant à se reconnaître et à se préciser? Dans le monde intellectuel, comme dans celui de la matière, en un sens absolu : tout est à tous, et l'acquisition par le travail est le seul fondement légitime du droit d'appropriation personnelle. Eminemment perfectible, l'Humanité est poussée par la loi de son espèce vers l'accomplissement de ses destinées. La Nature, qui fit l'abeille et la fourmi sociables et laborieuses, a aussi doué le genre humain d'un instinct commun, guide et règle de sa marche. A lui seul, avec la réalisation d'un idéal toujours plus pur, pour but, elle donna la faculté de se perfectionner sans cesse.

Cet idéal, ce but auquel nous avons foi, c'est la parfaite égalité des conditions. Les voiles tombent, entre cette utopie prétendue et la conscience de chacun. En tout esprit, avouée, caressée ou combattue, gît la conception de l'égalité sociale. La pensée religieuse change d'objet, et, poursuivant dans ce monde la justice jadis cherchée dans le ciel, elle exalte les déshérités, ou torture comme un remords les heureux d'ici-bas. J'attribuerais volontiers, à leur acquiescement en quelque sorte organique à certains articles de la foi nouvelle, autant qu'aux préoccupations d'une intelligente politique, les efforts tentés par une oligarchie séculaire pour soulager l'insondable plaie du prolétariat anglais.

Riches, à toute heure, les haillons de Lazare nous offusquent. Il crie, et les vitres des somptueuses demeures tremblent à l'écho de ses lamentations! Tous les vents du siècle nous apportent ses plaintes. Nous ne sommes pas foncièrement durs. Bourgeois, nous proclamons tous, plus ou moins, la nécessité des réformes.

Nous sentons tous , à des degrés bien divers,
malheureusement , qu'il faut répondre autre-
ment que par le canon , aux requêtes inces-
santes du prolétariat. Que de fois ne nous som-
mes-nous demandé si chacun de nous ne serait
pas comptable de la misère, de l'ignorance et de
la perdition de ses frères déshérités, en ne tra-
vaillant pas de toutes ses forces à rétablir l'équi-
libre social depuis trop longtemps rompu contre
eux! O vous qui passez le soir avec vos filles,
vos femmes et vos sœurs , dans les carrefours
des grandes cités , si toujours vous jetâtes l'œil
de l'indifférence ou du mépris sur l'étal ambu-
lant de la prostitution , sur ces phalènes sans
repos, flambant leurs pauvres ailes à tout désir;
si, à ce spectacle , la voix intérieure ne vous
cria jamais : « Pauvre, qu'aurait pu devenir
ta sœur , ta femme ou ta fille? » — maudissez
sans peur le Socialisme dont les aspirations vous
seront toujours inconnues.

Mais il ne saurait en être ainsi. Vous proteste
vous-mêmes, quoique au nom d'un faux principe
et par des moyens insuffisants, contre les iniquités du vieux monde. Tous les gens de bien ,
parmi vous, entendent améliorer le sort du peu-

ple ; d'autres se parent pour lui d'un beau zèle, s'évanouissant avec certaines nécessités politiques. Il en est, enfin, qui pensent rétablir à leur profit sur les masses, par le *patronat* charitable , une domination prête à leur échapper.

Dernière illusion ! Ce *patronat* a fait son temps. Loin de nous de prétendre que la mission de la bienfaisance privée soit accomplie. Tant qu'il restera des larmes à sécher, des misères à soulager , il y aura pour l'individu des devoirs à accomplir , de secrètes satisfactions de conscience à ressentir dans l'exercice de la charité. Mais , au-dessus de ces saintes obligations, se place aujourd'hui pour les favorisés de la fortune, l'intérêt sanctionné par le devoir, de prendre part au travail collectif de l'émancipation du prolétariat. En donnant à ceux qui pâtissent le pain de l'âme et le pain du corps, il faut encore se donner soi-même à l'humanité et s'asseoir à l'agape commune.

Le Peuple aujourd'hui est à la fois l'architecte et l'ouvrier de son avenir. Croire le satisfaire avec l'aumône, quelque abondante qu'elle soit, des classes parvenues avant lui au haut bout de la table du banquet, c'est se mé-

prendre étrangement sur le caractère de la révolution, c'est matérialiser ce qui est esprit et
vie dans le mouvements actuel des masses. Aussi,
tout en parlant beaucoup du *sensualisme* de ses
théories, les adversaires du Socialisme n'oppo-
sent à ce besoin d'égalité, voix de Dieu même
dans les âmes, que la doctrine d'une abrutis-
sante résignation ou l'apaisement momentané
des appétits. Pour des hommes se piquant de
Christianisme, c'est continuer sans scrupule les
traditions de Rome païenne, et jeter à la foule
affamée de justice et de lumières, le pain avili
du servage et les énervants spectacles de la su-
perstition. Le bureau de charité et la sacristie
ultramontaine, sous la sauvegarde de la gendar-
merie, sont le *panem et circenses* de cette politique.

Combien différents se montrèrent les premiers
Chrétiens ! L'histoire des temps apostoliques
nous les représente unis dans la communauté
de la foi et de la vie. Ils forment, au sein d'un
monde dissous par l'égoïsme le plus abject,
une société de frères agrandie peu à peu par la
propagande de l'égalité pratique. Ce que nous
devons imiter à notre tour de ces vieux confes-

seurs de la fraternité , c'est leur esprit de charité égalitaire. Comme eux , comme tous ceux
qui, au travers des âges de douleur, transmi-
rent de génération en génération l'inextinguible
flambeau de la vérité, nous devons anéantir dans
l'individu toute croyance aux supériorités sociales. Il faut s'attaquer sans relâche au vieux
principe d'autorité , pour restaurer ce dogme
sauveur sur sa base légitime : la Solidarité de
tous. Là est toute la démocratie , là , tout le
Socialisme ; et l'on comprendrait bien mal ces
deux manifestations d'une même doctrine d'égalité, en ne voyant dans les masses que les vassaux éternels de la charité protectrice des pri-
vilégiés de la terre. Une conviction semblable
est la marque la plus certaine d'un invincible
esprit d'opposition à l'émancipation du peuple.
C'est la justification de cet argument bien connu
en faveur de l'esclavage : « les nègres sont plus
heureux que nos paysans.» Triste sophisme des
bravi de la plume vendus aux oppresseurs, contre lequel protesterait le plus pauvre journalier
de nos campagnes, le plus famélique paria de
nos manufactures.

A côté des conservateurs obstinés des errements du passé, il est des gens qui, tout en paraissant accéder au principe émancipateur de l'association, prônent et pratiquent exclusivement le système contraire ou le *patronat* de la charité individuelle, l'éternelle scission des classes. Condamnés à l'inconséquence par le conflit de leurs sentiments et de leurs opinions, ces hommes voudraient peut-être assurer à jamais, par un acquiescement apparent à l'idée d'égalité, la suprématie intellectuelle et gouvernementale de la bourgeoisie sur le prolétariat. Mais, tout en ne brisant pas la charte sociale du passé, tout en s'efforçant de continuer sous d'autres noms et d'autres formes, les vieilles exploitations, pour ne pas déchirer tout-à-fait le rôle socialiste imposé à leur hypocrisie par les nécessités du temps, les Pharisiens de la démocratie doivent s'incliner devant le principe de la solidarité. Entre ce principe et la charité, comme l'entendent les *honnêtes* vraiment dignes de ce nom, il y a tout un monde. Il y a toute la distance qui sépare les caisses d'épargne et l'hôpital, des associations de secours et des banques d'échange ; la bienfaisance protectrice du riche ou du puissant, de l'obéissance à cet axiome évangélique : « Que le premier d'entre vous soit le serviteur de tous. »

Cette maxime du Christ prêtait aux commodes applications du mysticisme. Le roi de France, lavant chaque année, les pieds à douze pauvres dans la chapelle du château de Versailles, attestait par son abaissement même l'orgueilleuse élévation de son rang. Par l'égalité confessée dans le Ciel, le monarque consacrait la perpétuelle inégalité d'ici-bas. Compensation sublime, sans doute, mais à cette heure insuffisante ! Aujourd'hui, la cité de Dieu est de ce monde et n'est plus renfermée dans l'Église ; ou plutôt, l'Église a envahi la société tout entière, appelée à devenir la grande assemblée où tous sont égaux, tous frères, où les services sont réciproques et les avantages mutuels.

Telle est la fin de la Révolution. Jusqu'à ce que les forces opposées à sa marche soient vaincues par le progrès , et que s'effaçant pour toujours , elles pactisent ou s'accordent avec le mouvement, la France, ballottée entre l'impuissance du passé et l'aspiration vers l'avenir, cherchera vainement la paix dans le règne de la force brutale et le culte du *statu-quo*. Mais il

dépend de chacun, en prenant place dans les
phalanges de l'égalité, de donner à la crise actuelle une issue amiable et pacifique.

Plût au ciel que le combat du Socialisme
contre le vieux monde pût finir faute d'adversaires, si chacun de nous, acceptant comme
providentielle l'ère de 1848, apportait à l'édi-
fication de l'avenir la pierre obscure de son dévouement ou le concours plus éclatant de ses
richesses, de ses talents, de son influence!
Alors, sans doute, une douce lumière luirait dans
les catacombes de ce Christianisme social, dont
le peuple est le martyr et l'apôtre, et qui promet
le bonheur de chacun par la paix réalisée entre
tous. Quels trésors de pardon, quel baume dans
les cœurs ulcérés, si la vierge de noble maison,
se dérobant au foyer de l'opulence, venait s'asseoir à côté de l'humble fille, dont l'âme plus
encore a soif de l'égalité, que le corps n'a faim
du pain de chaque jour!... Là, est toute la Révolution; et, faute d'amour ou d'intelligence,
l'étoile de Février peut se voiler encore sous
les vapeurs de la haine et devenir le fanal des
orages régénérateurs. Ange de la patrie, dé-
tourne de nous ce calice! Embrase les cœurs

froids, réchauffe les timides, et souffle au ber-
ceau des générations nouvelles, les paroles de la
réconciliation !

Proclamons-le bien haut, avec tous les grands
esprits de notre temps : la réalisation de l'égalité
véritable est le terme accordé au progrès con-
tinu des peuples. Que l'association affranchisse
le travailleur de l'exploitation du spéculateur et
du capitaliste ; que, par suite, le droit de pro-
priété soit réduit peu à peu à la faculté de con-
sommer librement, de transmettre même à au-
trui, dans certaines limites, les produits accu-
mulés de l'activité personnelle ; que le citoyen
soit élevé, par l'instruction réelle, à la conscience de l'égale dignité des fonctions diverses
dévolues à chacun des membres de la grande
famille ; — et le principe de l'égalité des conditions se développe progressivement. De nouveaux rapports, fondés sur cette vérité désor-
mais entrée dans le domaine de la foi commune,
s'établissent entre les hommes graduellement
régénérés. Un jour, dans moins d'un demi-siècle
peut-être, si quelqu'un s'étonne de l'aveuglement des défenseurs du salariat en 1850, il
se souviendra d'Aristote regardant l'esclavage

comme le seul instrument possible de la production.

Que l'honnête capitaliste, que le commer-
çant intègre, envisagent avec calme la transfor-
mation du système industriel. Qu'ils favorisent
de leur vieille expérience et de leur fortune,
l'évolution économique du dix-neuvième siècle.
Nul n'est assez fort pour s'opposer à l'affran-
chissement des prolétaires. Mais le capital peut
être utile à cette œuvre, et s'assurer temporai-
rement une équitable rémunération du concours
par lui prêté au travail. Autant qu'il est possible de tracer l'organisation prochaine de la
production, les exemples que nous avons sous
les yeux nous permettent de prévoir les résul-
tats de l'agitation présente. Les travailleurs, se
groupant par grandes divisions industrielles,
sortiront par leurs propres efforts de la position de salariés subalternes. Ils seront à la fois,
pour leur compte, les directeurs, les comman-
ditaires et les ouvriers de l'agriculture, de l'in-
dustrie et du commerce. Le capital, par des prêts
intelligents, peut devenir un auxiliaire utile de
ces associations. Mais le jour où celles-ci auront
amorti toute dette portant intérêt, la révolu-

tion sera faite : l'échange aura tout-à-fait remplacé la spéculation, dans l'atelier et sur le marché nationaux. Les travailleurs échangeront entre eux leurs produits , valeur pour valeur , et, si je puis m'exprimer ainsi, selon le *talion* d'une parfaite équivalence.

Nous ne prétendons pas formuler un système d'organisation. Nous ne voulons que montrer ici, en exposant les moyens pratiques de la Révolution , ce qu'il y a, dans ce grand mouvement , de régulier, d'organique et d'irrésistible à la fois.

Va, peuple souverain, confesse bien haut tes croyances et produis tes actes au grand jour. Aux sceptiques, affirme par ton exemple. Montre-leur les œuvres de la solidarité , l'Association naissant du milieu des orages. Un géant rompt les liens qui l'accablent ; ses muscles se tendent, une vie plus intense se répand dans tout son être. C'est l'Humanité. Elle proteste, à la face des tyrannies expirantes , qu'elle aura raison de tout obstacle opposé à son infini développement.

IV.

Nous avons parlé d'abondance de cœur. J'ai cru; j'ai voulu donner ma foi. Et maintenant, vous tous qui partagez avec moi les jouissances d'une civilisation avancée, mais avare de ses faveurs; vous qui possédez des biens dont tant de nos semblables sont privés; mettrez-vous vos mains et vos cœurs à l'œuvre de notre âge? Les fruits de ce saint labeur peuvent être bien doux pour vous. Si vos intérêts sainement entendus ne vous faisaient pas une loi de travailler à assimiler les uns aux autres, au bénéfice de la paix générale, les divers éléments sociaux, les pures satisfactions de la conscience et de la reconnaissance publique vous récompenseraient seules, d'avoir embrassé fermement la cause du progrès. Que sont les épines du sacrifice dans la couronne promise au dévouement! Au terme des combats de la vie, l'homme de bien se réjouit de finir, avec sa dernière journée, sa tâche accomplie jusqu'au bout.

Montpellier, Typ. de BOEHM.

www.ingramcontent.com/pod-product-compliance
Lightning Source LLC
Chambersburg PA
CBHW072301210626
46818CB00017B/1939